中国現代詩人文庫 2

全京業詩集

川中子義勝／佐々木久春／金春龍 監修
柳春玉／全松梅 訳

土曜美術社出版販売

序

このたび「中国現代詩人文庫」という形で、優れた中国詩人たちの詩の翻訳を日本の読者に紹介するはこびとなった。一人ひとりの作品を一冊ずつにまとめ、順に刊行していく。

彼らは中国朝鮮族出身の方々で、黒龍江省、吉林省、延辺朝鮮族自治州、遼寧省（瀋陽）などの地域で活動されている。朝鮮半島の根本にあたるその地域は、すでに尹東柱ゆかりの地として知られているが、そこで今日なお詩人たちがどのように暮らし、いかなる作品を記しているかを、今回初めてつぶさに知ることができる。詩人たちの関心はそれぞれ違い、様々な主題を表現している。自然を愛しそこに命の歌を聞こうとする詩人もいれば、経済的破綻の現実や社会の困難な側面と向きあおうとする詩人もいる。現実を受けとめ、さらに芸術の真実を追究してゆく。あるいは故郷を離れ、暮らし続ける土地への執着を象徴的に語る。発表が困難でも、詩への愛ゆえに懸命に言葉を紡ごうとする。

それぞれの課題達成のために力を尽くす彼らの詩を日本語に移すのは、同郷の詩人柳春玉。久しく日本で生活を営みつつ自ら詩作に励んできたが、このたび恩を受けた詩人たちに報いるべく献身的に翻訳の筆を取った。その熱意と努力には頭が下がる。中国、韓国、日本の間を仲介するその業績が、今後の国際交流に貢献し、良い関係を築いていくための一助となることを願って已まない。そのためにも監修者として見守ることができたことを喜びとする。諸事情で魁を果たす詩人たちには久しくお待たせしたが、まずはこうして揃っての出立が叶った幸いを言祝ぎたい。

東京大学名誉教授　川中子義勝

詩集『おぼろげな時代の落書き』

風雨が霊感であれば

弔詩

神話の故郷——長白《チャンベク》朝鮮族自治県

散文詩

解説

詩集　おぼろげな時代の落書き

風雨が霊感であれば

雪が降る日

世界が開く

ふと　眠りから覚めたせいで
川の水がわきたった

水蒸気が噴き出る雪道の中に
白い太陽が溶ける

雪が降る日は
窓辺へと
駆け出して狩りへ行く日

夜道

なぜやたらと縋りついてくるのか
なぜやたらとついてくるといってきかないのか
鬱陶しくてどうしようもない
木陰の下に座って
タバコ一本吸わないと
影法師は木の枝に
だらりと
ぶら下げておいて……

遠征

たっぷりとした川の水の流れを見つめていると岸辺が動き出すこともあるのに
人々が一方向に歩いているのを見つめていると道が動き出すこともあるのに

動けない岸辺や道は
巨大な空の雲を見上げるばかり

遠くなるばかりの星屑だ
萬句言語吃不飽　一棒流水能解渴*
凍ってしまったことわざが
干上がった川の上で漂っている

＊　万の言葉では飢えを満たせないが、一掬いの水は渇きを癒すことができる。

一人の人

血と血管を
パキパキ
折り　ポケットへ入れる

光の束を
ギュッギュッ
縛り　水分を絞り出す

針と糸で
グルグル
結んで　真っ黒なガラス箱に入れて
そうすればカビも生えない
標本となるものができあがる

おばあちゃん　おじいちゃんは神木

おばあちゃんは八人兄弟を産んだらしい
末っ子が
四歳になった年に
川辺で遊んでいて亡くなったそうだ
その時
おばあちゃんは
柱にもたれて
うとうとしていたそうだ
よくぞ死んだ
殺せなくて育てていたんだ
水っぽい粥を食べるのに必死になって
生きるより

楽に死ぬ方が正しいさ
だから
ため息は故郷に棄てて
おぶって　抱いて　手を握って
北満州へ来たそうだ
（これは豆満江《トウマンガン》*1が話した）

その時
おじいちゃんが故郷のあばら家の前に
コウライヤナギの一枝を折って
挿しておいたそうだ
その木が腕ぐらいに育った年
そこに来ていた長男が
弟を木の下に埋めてきたと言った
その時
おじいちゃんは道端に座り

竹筒を叩いたと言う
よくぞ逝った　よく逝ったよ
どんぐりに裏門が突き破られ
大変な思いをして苦労するより
逝く方がむしろいいさ
（これは松花江《ソンファガン》*2が話した）

だからだったのだろう
今その木は一抱えもある
神木になったのだった
バスに乗ってその木を
通り過ぎる度
おばあちゃん　おじいちゃんは
……あの時はつらかった……
……故郷　故郷が育ててくれたと言ったそうだ
（これは神木が話した）

＊1　中朝国境の白頭山を源とし、中国、北朝鮮、ロシアの国境地帯を流れる川。中国延辺朝鮮自治州の川。

＊2　中国朝鮮自治州の川。

世紀末の祈り

父は病気でいらっしゃるのでしょう
夢ではなく目の前に浮かびます

成長する全てのものが
星と月と太陽が
全てが私を輝かせて

ひざまずき
清らかな祈りを捧げに来ます

私が歩みを始めた時から
父は平穏に

お休みになるべきでした
恐れも恨みも
心配も負担もなく
平穏にお休みになるべきだったのですよ

無色なピクニック

真っ青な力が呼び込む
夕暮れ時の水辺に
鳥たちがはるかに
黒々とした線を引く

日が傾いたら褪せていく
あの黒い雲たちも
暗色を前に漂っている

一つ　二つ　三つ
君たちは水のように
邪心なく漂い

朽ち果てた
冷たい葉っぱたちを躾し
野牛の角のような月の光の下で
真っ青に研ぎ澄まされてゆく

無知のN・S

君が呪いを受ける理由
高い空と広い土地
その間にぼんやり
耐え忍んで立つあそこのあの
非武装将軍よ

飢えにさらされたせいで
ひどく飢えたみだらな娼婦が
震える二つの頬で擦りつけるように
鬱蒼とした蓋馬《ケマ》高原は
そっと旗手をなだめて帰す
たゆみない行軍は

風のようにふっと止まって
廃れた東海《トンヘ》の海は
不憫にも
過ぎ去る男たちを
痛ましく見つめ
物寂しい気持ちで
ほっそりした乳房を
切なくかきむしる

君が呪いを受ける理由
意地っ張りな
君
心を裂いて
石垣に閉じ込めた魂よ

ニュース

土に汚れた橋を
こせこせ洗うことはせず
波が呼ぶ
あの船に乗り
出てみよう

陸よ　海よ　空よ　宇宙よ
あの船に乗ってともに歌おう

海といっても普通の海とは限らない
船といっても普通の船とは限らない

派手なタクシーで
軋む荷車で
思いつくまま望んでみよう
生き方にサンプルなんて必要ないから

そして
アスファルトで　小道で
延々とダンスを踊って
チャング踊りに肩踊り
ルンバにロック

土に汚れた心臓を
取り出して
こせこせ水で洗うことはせず
生臭い宇宙の風に浸してみよう
果てのない宇宙に投げてみよう

ハルビンの風

1

東西南北が欠席した
チケットたちの集会
上下左右すべてがら空き

飛行グモの糸が流れ　低く光っている
歩いていく旅人の
膨らんだ胸

春は
松花江にこぼれていく
下水道の排水口

ひもに逆さにぶらさがった
気球だけ
宙に咲き乱れる

雨が降る街

真っ黒に濡れた髪の毛
そのまま額に
ぺちゃっとつけて
流れるしずくを
愛するように
滴らせ

心の痛みが
あまりにも
まぶしい
夜

道はただ
後ろへ
一本道

空が雨雲を
唆すので
短刀のように輝いていた前方の
幽玄な雪道が消えてゆく

玉のように弾ける
雨の音を辿って
失った掌の相を
もう一度
刻んでみる

瞻星台《チョムソンデ》

こっそり
準備して着たチマチョゴリ
気ままで
長くて
きれいだな

それぞれに着こなして
さわやかな肩には
花かごを美しくのせ
歩くさまも　立つさまも
しとやかな姿よ

でも娘たちは　煙のように
星の国へ　たちまち消える
遺されるものは何か
あそこ　あの
薄暗く燃えていた愛の塔だけ
永遠なのか

ああ
千年を生きた
万年を生きた

春の日のエピソード

つららは
吹雪が自分の胸元に
ぶすっと打ち込んだ
霜柱
長い剣

輝く
冷たさは
昔の姿そのままの涙
一点の曇りも
なく

冬は
沈黙の放浪者
鉄の塊のような
旅人
死期の
骨っ節

冬が
心臓をつつき
まき散らした
一滴　一滴の　血の雫よ
真っ赤な魂となって
風に
花を咲かせろ

都市の狩人たち

なしくずしに押されていく
真理
ビル風が殺伐としている

火縄銃を構えて
ドーン　ドーン
踏切で鳴らして
猛進する闘士
虚しい手を挙げて
宙を狙う

手榴弾は

社長の誕生日パーティーに
とっておいて
利徳の雪　かきわけて
ノロジカの跡を追っていた
狩人たちは
自分の足跡を
見失ってしまった

並んだそのまま
六連発の拳銃を持って固まっていく
深緑の葉
液晶ガラスの窓に燦然としている

中央通りの夜市

孤独な日には
神様が
あの――
奥深いところから
掘り出し物を探して下さる

落ち着かない日には
ぼうっとしていた頭を
しきりに掻いて
父がいた場所で
探し回る

星がチカチカ
明るく笑って
風がそよそよと
頬を通り過ぎる

ハルビンの風　2

電源が
急に
切れた
オーディオシステム
アスファルトのうえをのそのそ
タクシーの車輪はもたつく

急いでも結局はと
分かっていたのに
結局は
ついに

慌てて駆ける騎士が乗る
ばらけた馬の尻尾のように
彼は
あがく

昨夜の天気予報で明日は
松花江の鉄橋では
汽車が行き来するだけで
風はないと言っていた

山の祈り

亡くなったお母様の植えておかれた
借金のたねは
五裂して
桃色に熟して行きます

水がめを携え
小山のてっぺんに登り立った日
清々しい明け方
白い雲は青い空に
煤けた木綿のスカートも風に
咲きあがります

貧しい家の子供
病気なく育ったおかげで
油紙に包まれた
ヘソの緒は
そのまま
たんすの奥深くで眠り
その横では
長生きされた
峠を越えた隣村の
親類老人の
周衣《トゥルマギ》*のひもが
言葉なく見守ります

あれを誂えたのは
いつなのか
時代もはっきりしない

お母様のチョゴリの絹ひもは
祈りとともに
めでたく星の国へ
立ち昇ります

＊　周衣《トゥルマギ》　外套の一種。

五月の農家

山にはカッコウが鳴き
野原には
農夫の歌と　タカネヨモギが真っ盛りです
牛を集めるお嬢さんの向かう先には
日の光が満開で
冷たかった風は
ツツジの香りに
溶けて流れます
五月の日差しが
じりじり
黄色いひよこのクチバシで
湧きあがります

手を伸ばしたら届きそうな
青くゆらめく
天国にも
松花江はあるのでしょう

都市の印象

あそこのあの日が沈む
アパートの向こう側は
赤肌の山でもあるんでしょう

昨夜降った
ぼたん雪は
春に送る新年の挨拶だろうに
どうして
ぼんやりと赤く染まっているのか

何気なく行き来する
青い空　白い雲を

道端にしゃがんで見ると
細く裂かれた
小道がゆらゆらする

霧がもやもや立ち込めた
西側の空
夕立ちは砂漠には
降らない
猛暑の暑さにも

あなた

あなたは世の中で知らないことが
一番たくさんある
人です

弱々しいロウソクのあかりをつけて

真っ黒な未来を
歩いていくあなたは
黒いカーテンの向こうに
ちらつく
一つの
小さな星です

あなたは世の中で知っていることが
最も少ない
人です

本当に
何もかも分からずに
愛だけを知るあなた
あなたを
私はお母さんと
呼びます

穀雨

ぼやけた
歌の調べで土を打つ
足跡

空が窓を開いて撒いてくれる
花吹雪

私は
湿っぽい広野を孤独に
歩いて行く

ゆっくりと

雲が群れを成して呼びこむ
風よ

長い道のり

欠けてしまった水瓶を
ぶち壊して
山へ登った
日

歳月は
荒野に集まって
話に花を咲かせるだろう
〝木の根　草の根で
時を繋いでいきながら〟
万歳のその日は

燃えるだろう

ありがたき幸せです

でも続く千年を創り出す
歴史の弱々しい息遣いは
水瓶の欠けらほどに
細く震えて

私たちは
神話の棒で
岩山を創り出す

落ち葉の瞬間

あなたが手招きした丘が
こんなに美しい
落ち葉で花が咲くことを
私たちは知っているべきでした

吹き上がる息遣いを
かろうじて抑えて

ライバルがいなくて
みじめな世の中よ

私は

髪の毛を旗のように
振り乱して
横たわった高地へ向かう

約束

去って行かれた日
あなたは
夕焼けが美しい
夕方になれば
毎日私と一緒に
魂を分かち合うと
言っていました

その日から私は
顔に
夕焼けを赤くなじませて
黄昏を守りました

春と冬にも
夏と秋にも
天気の悪い日　曇る日には
雲の後ろに
燃える夕焼けを見ました

夕暮れの地平線に
一人で座り
西の空を眺めます

落ち葉のため息も
ボタン雪のすすり泣きも
見ました

去りながら　投げかけられた

一言だけのお言葉を
約束もないまま守ります
石のように固まってしまう
永遠のその日まで

郷愁

私は
心を取り出して
湿っぽい原野に
広げてみます

弾丸が
鉄壁の三十八度線を
飛んでいくなか
ソウルを　平壌《ピョンヤン》を
思ってみます
愛情深く降る
ボタン雪のように

洛東江《ナクトンガン》で　大同江《テドンガン》で
すすいできた
白い雲の塊を
感じてみます

故郷を
知らない人は
一輪のタンポポの綿毛を
青い空に
飛ばしてみます

ハルビンの風　3

百年さすらって
鳴った
ソピア教会堂の鐘の音が
見守る空の下
硝煙はたちこめ

万年を牛耳って
荒野を走った
馬のひづめの音はまだ
耳元に残っているが
朝焼けは
十字架に赤かった

百年がとても長くて
混雑するアスファルト
色褪せた権杖《けんじょう》は
新緑の前に沈黙せよ

反省時代

歴史を踏んで聳え立つ
その尾根を越えれば
花が咲き　鳥が鳴く
新しい世界が広がっていく

私たちは
世紀の親不孝者
歴史を砂漠で作る
霧の中の勇士よ

竿を振れ
歌を歌え

静かな海も
波は寄せて返すだろう
崩れた石の間でも
草原は花を咲かすだろう

空っぽの空

私の懐の中で
空は
こなごなにつぶれて
海も月も星も
雲も霧も
なく
空っぽになった

空を牛耳って
地上の覇権を
争っていた
無敵の勇士たちは

一握りの灰となり
生き返ったとしても
私たちは
やぶけた
地図を守っているだけで
精彩がない

空っぽの空の下
空っぽの私たち
空っぽの空の下
時間と人とインチキと
お金と酒とセックスで
窮屈な世の中

廃棄と騒音の中に
大統領様の就任演説

耳当たりは良くても
昔昔に
女媧氏《ヌゥーウア》*が
傾けたのは
空だけではなかったから

* 女媧　古代中国神話に登場する、人類を創造したとされる女神。

郷愁

黄金色
夕方　夕焼けは
馬車に乗って
走ってくるだろう

夕暮れ深くなっていく
あぜ
十字路に
ふわりとした言葉で
それを呼んで探す
男衆

その日は探しに行くだろう
それを探しに行くだろう

警笛の声
電話の声は
つかみ取り投げ捨て
空を仰ぎ仰ぎ
夕立ちを呼びこんで

私が死ぬ日まで

私が死ぬ日まで
あのめらめら燃え上がる火
穴がバンと突き抜けた空
あのこぼれ落ちる隕石の残骸
ばらばらの欠片となった陸地が
私が死ぬ日まで
一輪の花のように
一切れの葉のように
生き
生き残ると言うだろう

私が死ぬ日まで

空は
再び青く
草原は
再び青く
雲は
再びふわりと
白馬は
再び矢のごとく
疾走するだろう
私が
死ぬ日まで

私が死ぬ日まで
きっと
私が死ぬ日まで
鳥たちはさえずるだろう

虫たちは歌うだろう
森は踊るだろう
私が死ぬ日まで
賛美歌を歌って
川の水は
たえまなく流れるだろう
私が死ぬ日まで
私が
死ぬ日まで

オアシス

通り過ぎるとき
草が見えたならば
踏みつけずに
水でも一滴
かけてみてください
清らかに笑うでしょう

通り過ぎたとしても
そっと振り返って
道端に孤独に咲いた
花びらについたホコリを
拭いてみてください

にこやかに笑うでしょう

物寂しい黄昏道を歩きながら
一人で苦しんでばかりいないで
庭に散らばったゴミを
掃き捨ててみてください
すると
心が再び
きらきら光るでしょう

ハルビンの風　4

セメントの茂みは小刀
空を粉々にする
（真っ暗な原始林に
山獣はほえるだろう）

だが　歩け
行き　行き　行ってみたら
人の
においを嗅ぐだろう
人のにおいが漂い始め
やがて人に会うだろう

夢の牧童

青い空
白い雲
青山流水
牛と羊の群れ

雲で髪を洗って
花露で心を洗って
鞭で打垂れる羊や
清らかなカッコウの呼ぶ声に
牧童は魂を放牧する

青い丘の南風

青山流水の洗い場

水煙で瞳を洗って
風を掻き回して
春を肥やす

川の水に入って
顔を洗う子よ
君は
花びらが
風の瞳だと
知らないのか

大地の瞳

大自然の摂理は
温かいこと

冬にも
太陽はあり
陰になったところにも
風は入り込み
黒い空にも
星たちは輝く

砂漠にも
雨は降り

高原にも
花は咲き
島にも
土と石と草がある

涼しい風と
穏やかな雨　そして
透き通って冷たい湧き水は
いつも
私たちの心を
いたわり洗ってくれる

肺にぎっしり詰まった
水を絞ってしまえば
心はぱっと開いて
世の中は美しいもの

神様の摂理は
行く先々で
生命の安息の地を
整えてくださる

過程

おい
通りすがりのカラスよ
君は
ファン・ジニ[*1]の声でも
聞かせてもらってくるのか
ぱたぱたと飛ぶ鳩よ
君は
ファダム先生[*2]の豆でも
拾って食べてくるのか
しきりに泣くカエルよ
君は
マンソク禅師[*3]のため息の音でも
聞いてくるのか

星たちがゆらめく
ヤナギの木の下で
君と私と彼と
大地と海と
空と宇宙と
万民を
一つ一つ
針の先に通してみれば
ああ
それらは
一粒の
羊水に溶けて
瞳に
溜まればいい

＊1　ファン・ジニ　十六世紀朝鮮王朝期の伝説の名妓の名前。
＊2　ファダム（花潭）　朝鮮、李朝初期の儒学者である徐敬徳《ソギョンドク》の号（字は可久、号は花潭、復斎）。
＊2　マンソク（万石）禅師　ファン・ジニの美色と嬌態に誘惑され破戒した僧侶。

私が生きていくということは

私が生きていくということは
あの誰も行ったことのない
東海《トンヘ》の海辺に
波が寄せて返すことよ

私が生きていくということは
白い雪山と
白い雲がふわりと浮かぶ
青い空の下に
牛の群れが流れることよ
まっ黄色の黄土高原に
馬の群れがたてがみを翻して

嘶《いなな》き疾走するということよ
〝残忍な四月〟
死が真っ青な風を
追い立てて
荒っぽく駆け寄るこの時

私が生きていくということは
胸の真ん中に
炸裂するような太鼓の音が
どんどんどんと響くことよ

私が生きていくということは
きっと
口紅と紙幣に汚染された
空間で

私が生きていくということは
天と地と
海と礎石と
星のない宇宙を
打ち破る
野菊の弱々しい
わめき声であることよ

日常

鞭のような
春風に追われて
私の布切れのような
人生は
奇抜さもなく
髪の毛ばかりが水草のように
風に靡いている

黄鳥歌

コウライウグイスの鳴く声
飛び去る頃に
明け方の霧は如何にして
木の葉に座ったのか

細い木の枝との間に流れる
互いの思いよ

黄鳥よ　君は離れなければならない
峠には
ご飯を炊く煙がもくもく
立ち昇るけれど

行くこともできず　帰ることもできず
岩は黙然と
口を固く閉ざして

二十一世紀を開いていくN・S・Riporte＊

心が揺れる日
春風が柄にもなく
訪ねてくる
去年つけた
芝の足跡が
まっ黄色になる

頭をのけぞらせ
雑草のようにぼうっとしていた
頭をしきりに掻いて
ふと
理想国の門に

鍵をかけた
プラトンを思い浮かべる

あなた伽藍に渡るのはやめて
やめろ　やめろというのに
オホン　オホン　オホホン
それでもあなたは渡るんだな
渡るんだな

そんなあなたは
江南にいらっしゃったのか
江北にいらっしゃったのか
どんなおかしなおじいさんが
木の器に乗って
海を渡ろうとされるのか

春風が
青い芝を舞い散らせる日
心は
斬新奇抜であろうと翻るのに
仏様の啓示は
極楽世界では
童男童女を
いけにえに捧げろとおっしゃる

＊ N・S・Riporte　韓国と北朝鮮のレポーター。

悦びがくることは

時には
淫らになり
煙となっていく――

千億万億の恐れが過ぎれば
今日この時刻
一粒の米粒
一滴の水
一切れのキムチが
再び
一つの膳に集まって
一人の舌に

供え物として上がるのか

時には　億千万の恐れが過ぎれば
果たして再び
一握りの煙と散った
創世の先祖と
縁を共にした
草一株　鳥一羽
そして
お母さんとお父さんと
おばあさんとおじいさんと
永遠の瞬間を
共にした
一片の雲と
一輪のバラと
共にした永遠の瞬間が

同じ時　同じ場所で
一輪の花として咲くのだろうか

時には
億千万の恐れが過ぎれば
お兄さんが　私が生まれる瞬間を
私が　弟や妹が生まれる瞬間を
待つのだろうか
先生が　同僚が　上司が　職場が
私の
愛する妻が
私たちの生命
可愛い娘を
身ごもるために
その場所　その瞬間
その姿　その気持ち

そのまま再び
私を
待つのだろうか
――時には淫らになって
煙となっていく

清明二十一世紀

——二〇〇〇年六月十二日から十四日まで韓国金大中《キムデジュン》大統領が平壌を
訪問、朝鮮の金正日《キムジョンイル》最高指導者と南北首脳会談の場を設けること
で合意したという朗報を聞いて——

あなたが呼ぶ声の一節ごとに
きれいな花びらとなって咲くだろう
あなたが付ける足跡ごとに
美しい花びらとなって咲くだろう

仰ぐ顔ごとに凝り固まった
半世紀の血の涙を
洗って下さろうと
あなたたちは

温かい手を
送ってくださいます
香水で凍った胸を
溶かそうと
あなたたちは
温かい懐を
ぱっと開きました

これからは私たちも飛び立つ鳥になって
山と水を思う存分行き来して
春をぱっと開いて
清らかな花のにおいを享受しようと思います

数千数万が血と命により歩き
倒れたこの宿望の道
この道が開かれる日

倒れた墓碑の下で
呻いていた怨霊も
南北が分かれることなく握手を交わし
お互いを抱きしめて涙を分かちあって
五十年の傷を
なぐさめてくれることでしょう

呼ぶ声ごとに
行き来する足跡ごとに
統一の香りで
この世の中を振動する
世紀の瞳
不滅の都市で
空も大地も海も
この世の数十億の心も
祝福の祈りを捧げることでしょう

散り散りになった心も一つになり
世紀の神童として生まれることでしょう

春の日の見舞い

絶望が座って
休んでいった場所で
青い葉が一つ
襟元を押し分けるように
ぱっくり
顔を出しました

あそこ　あの山の向こうに
飛んで行った鳥　一羽
希望をくわえて　潤いをふくませるように
失望の枝に
触れます

春の日の
柔らかいボタン雪の一片は
童男童女が撒く
花吹雪のよう
赤い血が流れる　乱雑な
身体を引っ張っていく魂を
なだめるように彩ります

か弱い指に
引っ掛かっている一つだけのリンゴの実が
静かだった宿命の沼に
丸い波紋を起こします

生命宣言

――同僚 Kim そして友達 Ri に

空が崩れれば
花が支えるだろう
海が乾くならば
涙が濡らすだろう

からっと乾いた星の塊のように
火花が飛び跳ねる石ころたちは
種が噴き出す根元の先で
土に溶けるだろう

ねばねばした

闇の群れたちは
涙を踏みつけて
市場のしもべとなって
墓の前で
碑石を担いだ
宿命の石ころの下敷きになり
満足したように威張りくさる

しかし
空が崩れれば
草木が支えるだろう
海が乾くならば
涙が濡らすだろう

亀は碑石に
敷かれてつぶれて

碑石は
日の光と雨雪と
東西南北の風に晒され
土として散ることになるのに
草と花と木々たちよ

空が崩れれば
きみたちが支えるだろう
海が乾くならば
涙が濡らすだろう

象徴の春雪

――友達「十一番グループ」に送る手紙

夢の門をがたんと開いて
飛び込んできたのは
約束でも愛でもない
おなじみの楽章だった

ピンポンという
玄関のチャイム音もなく
さっと飛び込んで
神経の束を
あちこちねじっては
どっしんどっしん

秩序もない
低音と高音を
騒がしく鳴らし
眼鏡のつるのように
私の耳にかけて
ほこりのように消えていく
花の三、四輪を
声とともに　枕元に置いていき……

花びらに降りた
玲瓏とした露は
日の光に照らされ
光るのだけど
日の光が照らしてくれるから
花びらに降りたのではない
ただ

花びらに降りたくて
花びらに降りたもの
そこには
どんな理由もなくて
どんな理由を
見つけることもない

秩序もない
騒がしい楽章
騒いでいった場所には
温かい体温だけが春の雪のように
穏やかに染み入る

芒種

千年の苔の上に
日の光が落ちてくる
ひそひそと聞こえた話し声
霧のように湧いたのか

徐々に近づく
根のわめく音
寂しさを募らせる

香水のため息を雨だれのように
ぱらぱらと撒いて

どこに行きますか
私はまったく行く所がありません
その日
あなたが去って行くとき
空には一片の雲も
なかったです　私の話を
信じる価値はありますか？
しかしきれいな
空想のピンク色のベッドには
白い殺戮だけが
あなたと私を待ちます

シベリアニレの下に立って

あそこの遥か遠い空の下
土地の木が
傘のように立っています
昔話のように暖かい
穏やかさが
宇宙に湧きあがります

空を仰ぐ
首の長い鹿たちは
草原で
新緑の淡い草を
もどかしくむしっています

とうに腰の曲がったおばあさん
今日は腰をすっと伸ばして
あの遠い遠いある国へ
杖もなく去っていきました

おじいさんの火打ち石は
引き出しの中で
悲しげに泣くばかりです

霜降　5

黄色い
白楊《どろのき》の葉が
まぶしいほどに近づいてくる
夏の肉の中に深く食い込む
冬の香りは
涙のように
風にささやくけれど

乾け　乾け
日の光に輝く
道端の草の蔓たちは

相変らず見守るばかりだ
白い霜が溶ける前
秋は相変わらずだ

徘徊

軒の下　風鈴の音は
遠い昔の音

ただ思い出の中にだけ残り
花のようになつかしい
風を待つ

ちりんちりんと
耳触りの良い風鈴の音は
風に揺れて鳴り響くけれど

風鈴は風鈴のまま

音は音のまま
風は風のまま
思い出は固まっている

弓張り月

いつ去っていったのかと思う
風のひっそりとした
足音

歳月が音もなく咀嚼されていく
跡だけ残って
私のように切なく
呑まれた時間よ

鳩

無明の白いささやきが
どれほど親切で優しくても
常に暗闇だけ守る
灯台を探してさまよう

お日様はどこへ行き
黒いカーテンばかりを曖昧に
見守るのか?

それでも空飛ぶ鳩が
金属のようなクチバシで
空を追いかけたので

星が一つ二つ顔を出し
キラキラして

さまよった旅人は
虹を探し回っていて
それでも幸い月の光を拾い上げて
目の前の道を照らそうとしている

風景

水鳥が通り過ぎた拍子に驚いたように
ファグルルとさえずり　飛びあがり

独楽を回すおじさんは
再び子供時代に戻ったように
ガラス窓が割れんばかりにぶんぶんと音をたてて
執拗に独楽をむちで打つ

馬草を食べる雄牛も　もう昔の風景
すずめさえ貴重な生き物だと
見知る人さえもぽつりぽつり

おお　でもキムチのたらいを頭に載せて行くおばさん
向かいの家　刻み込まれたように懐かしい

川の水が流れるよ

持ち主のない橋の下は川の水が流れるよ
冬秋夏なく川の水が流れるよ

霧立ち込めた湿原には水鳥の声渋く
孤独な小舟は持ち主なくゆらめくよ

枝だけのやつれて見えてくる木々は
雲に入浴するよう　淫らに脱いでいて

持ち主のない橋の下は川の水が流れるよ
冬秋夏なく川の水が流れるよ

厳冬の寒さの冬には霧も花だ
かげろうの晩春にはレンギョウもきれいだね

去年岸に花を咲かせた波は行ってしまっても
訪れる歳月はひとときもよどみがないね

持ち主のない橋の下は川の水が流れるよ
冬秋夏なく川の水が流れるよ

風鈴の音

ちりんかんかん風鈴の音は
風に鳴るのではないといいます

遠い昔のこと
すっかりお忘れになりましたか

陰陽が入ってきて瞳にかぶせた
白いベールで遮ったのではありませんか

ちりんかんかん風鈴の音は
風に鳴るのではないといいます

心を整えて
細い手を徐々に持ち上げ

眼中にひろがる
太陽を匿した幻を取ってしまえば

袋に閉じ込めておいた記憶が
次々と生き返らないですか

ちりんかんかん風鈴の音は
風に鳴るのではないといいます

弔詩

一九九九年　ユーゴスラビア

――予言のノストラダムスと一緒に今日のニュース

グリニッジ標準時間三月二十四日十九時（北京時間二十四日、明け方三時）NATOが地中海に浮いている軍艦からトマホーク・クルーズミサイルを発射することと合わせて〝決心の行動〟と名付けたNATOの対ユーゴスラビア軍事攻撃の序幕が開かれた。

〝夜　彼らは太陽を見ただろう
半人半獣の怪物を見た時
騒音悲鳴と空中戦闘
彼らは野獣の話し声を聞いただろう〟
『諸世紀』1章64節より

三月二十四日十九時　コソボ

火竜が暴れる
青空
強者だけの真理だな

繰り返される歴史の約束
約束された勝敗の対決
刃物は銃に　銃は砲に　砲はミサイルに
皆が
一握りの灰となり消えてしまうのに

長い長いパンと薬の調合
婦女たちと子供たちと病人たちは

真理の副産物
生命と涙は
甘くはないなあ

〝凄惨な雷〟
〝恐ろしい野獣〟の
腹の中で生まれる怪物
三月四月五月六月
みじめな後悔と傷よ

『諸世紀』1章80節より

三月二十四日　セルビア

根も葉もない理由ばかりが
真理になる時代
火花と戦争だけを
口にする世の中
燦爛たる理想と
膨らむ欲望は
ミサイルの爆発と共に
天に届くのだとか

土地を耕す農夫と
文字を読んだ子供たち
彼らはなぜ

君と私を分けなければならないのか
〝シチリアへ走る避難者たち〟
〝異国の人々を飢餓から
助ける人〟は
まだいないな

『諸世紀』1章71節より

三月二十八日　ベオグラード

〝災難　懺悔は相次いで
世紀が循環を変える時
雨と血と牛乳と
飢餓と病気と戦乱
怪物は火を吐いて
空で旋回する〟

『諸世紀』2章46節より

一九九九年
ベオグラードの歌
万民が灼熱する
爆弾の下で歌う

歌は
平和が支えた
傘だったのか

三月二十七日　ベオグラード郊外六十キロメートル

不確実性の世紀
人権と神話は
F-117ステルス機とともに
破られた

列強たちの祭壇に上がった
セルビア族とコソボ族は
雪に覆われた山野に
避難の長蛇の列をなし
倒れて行く

〝天の果てにはかなく流れる

人類の血
命　軽く揺れ動く者たちの
〝望んだ希望〟
いつになれば
〝天の果から落ちて〟くるのか
『諸世紀』2章45節より

三月三十日　ボスポラス海峡

〝魚の腹の中に武器と文書を隠して
戦争狂人の凶悪な体《てい》たらく
海の艦隊は遥か遠い旅行
その影　イタリア海岸に浮かび上がるだろう〟
『諸世紀』２章５節より

きっと
地中海に〝太陽〟が打ちあがり
海の魚を焼くのか
神聖な掛け声が
仇となった今日
驚いた雷と戦争は

死神のように
私たちの後をつけてくる

三月三十一日　クラグイェヴァツ

五十八年前
ナチスが七千人の
住民たちを殺害した場所
パブロビッチという教員が
自らの五学年二組の学生たちと共に
無法者がひいた生命線を
越えずに
きっぱりと尊厳を選択した場所

その七千人の犠牲者記念碑の横
大きな爆弾のくぼみのふちに
花が平和のように倒れている

〝ヤシの木が信号を送っても
死と略奪だけ〟

『諸世紀』1章30節より

果たしてその爆弾のくぼみが
貧しく住む場所もない難民を
安らかなくつろぎの場所に送るのか

四月八日　バルカン半島と世界

〝雷に打たれたギエヌ運河の下
遠くない場所に宝物が隠されていて
数百　数千年埋もれていた宝物
発掘される良く晴れた朝〟
『諸世紀』1章27節より

清楚な女性たち
哀愁の乳房は女神のようにきれい
震える胸で捧げる
この地の祈りが
燃える空を磨く
白い雲になることはできないのか

1999.4.10-17

神話の故郷

——長白朝鮮族自治県

鴨緑江渓谷《アムノクカン》

鴨緑江に沿って登っていけば
鴨緑江渓谷がある

昔昔　お母ちゃん　お父ちゃんが
いて
毎日お互いが育てなければならない
立場のことで
争って

後には西王母《シィーウアンムゥー》*1と
玉皇大帝《ウィーフアンダァーディー》*2の助けを
求めたのに

玉皇上帝が西王母の
かんざしを借りて
すーっと分け与えたのが
鴨緑江渓谷になったという

私が鴨緑江渓谷に行った日
渓谷を背にした
目の前に見えるのは
はっきりしない
影だけだった

一歩も
踏みだしたり
しない

＊1　中国で古くから信仰されてきた女神。
＊2　中国道教の最高神。

霊光塔《ヨングァンタプ》*

長白《チャンベク》には
塔山があって
塔山には
霊光塔がある

角ごとの
風景には音が
なく
壁ごとの
窓はレンガで
塞がれていた

渤海時代に建ち
千年余り
ひそかにそびえたつ
塔とは
霊光なしに成り立つのかというほどに

風景は音もなく
仏様はお言葉を発する手段がなく
窓は塞がれていて
仏様が霊光を
受ける道がなかったな

＊ 霊光塔　中国吉林省長白朝鮮族自治県長白鎮にある吉林省唯一の唐代渤海国地方の古建築遺跡の塔。

観日台《クァニルデ》*1

五台山《オデサン》*2から来られた和尚が
誦経していたところ
感化された虎が
仏様のお言葉を体得した所

僧侶は日の光を受けて
ひっそりと悟りを開き去り
虎は得度して
輪廻から抜け出したようであたりは閑散

オーディオ　CD　VCD
ラジオ　テレビ　インターネット

携帯電話　を
精一杯つけておいて鳴らしても
目覚め方もわからない
石だけが
固まったまま
その場所を守り
孤独になるばかり

＊1　日の出を見るためにある高台のこと。中国長白朝鮮族自治県にある観光スポット。
＊2　中国山西省忻州市五台県にある古くからの霊山。

跨馬石《クァマソク》*1

唐の名将薛仁貴《シュエレェングゥイ》が
金庾信《キムユシン》*2将軍と兄弟の契りを結んで
東へ勢力を伸ばして
空や地面を牛耳った
所

おかげで
三つに分かれていた天下は
統一新羅になったけれど

周囲の人々が痛ましい
平壌城　その夜

金庾信は自身の
二番目の妹を
薛仁貴に
差し上げた

＊1　中国長白朝鮮族自治県にある観光スポット。
＊2　朝鮮の新羅の名将。

散文詩

自画像

もう書くことは全部書いたので私について書いてみます。私の心の内をご存じならば、私についていて皆さんはがっかりされることでしょう。見た目は、背が高くて問題なく見えても、恰幅がいいだけです。良心もなく、行儀もよくなく、情もなく、同胞愛もない無恥な奴です。自分だけ腹いっぱい食べて、ぐっすりと寝て、目覚めたらセックスしか頭にない奴です。姉と弟が病気で死んだのに、飢えて死ぬことから目を背け、背を向けて、近隣の人に何も見なかったと言いました。知っていたら助けたのにと、誰にでも表ではいい顔し、陰では不届き者だとののしられても仕方ない奴です。川岸を通りかかり、水に落ちて死んでいく子供にパン一つ投げてやり、大きな恩恵を施したと誇りで満たされるように感じてしまう奴です。私は人でもなく、獣でもなく、木でもなく、草でもなく、何でもありません。石です。皆さんが手間をかけて彫刻しても、頭だけは変えることができない奴です。もしも昔の、石だけ食べたという獣が私を食べたら、気に入ることでしょう。もしそうなら私は再び有機物への輪廻に入っていくことができます。おこがましくも、私はこんな漠然とした希望も抱いてしまうような奴です。以上です。私がとても凄惨な奴だとつれなく考えず、七月一日香港回帰式典実況番組*を何度も見てください。石ころも眠りから覚めることができる荘厳で激動的な時間です。

＊　一九九七年七月一日、香港の主権がイギリスから中国へ返還・委譲された時の記念式典を生放送したもの。

農夫彫刻像

夕陽が照らす。頭を下げた丸い雄牛、支塔*を摑んで、力を込める男。次第に野原、夕陽が黒っぽく光る。

いつだったか、すすきの荒々しい根元でもつれたぬかるみを雄々しい両手でかき回し水路を開いていたその時、はいっどうどう、牛の背中にぴしゃりと鞭を打って、肉づきの良い丸い雄牛に、何も言うなと裂けた唇を閉じて洗い、ぴしゃりと殴ったその時、白い雲はふわりと足の下にゆらめいたよな。

夕陽が照らす。西山の山頂の端、白い雲の塊が黄金色に変わってゆく原野の耕田だな。擦りむけて鋭くなった泡、ほこり立つ砂利場、ヨモギの根にぶすっと脚をおろし、干からびた地面にひづめを打ち込み、力を込める丸い雄牛、玉の汗をかいて急き立てる男、夕陽にはっきり感じられる。

青かったのが、黄ばんで、黄色くなって黒くなる地面。

汗と共に希望の芽が開き、種をまく婦女、故郷の話、切ない歌声、原野に波打つ。

干からびた土地、肥えた土地、取り替えて広げ、種を埋めて、春の風、秋の西風に乾く手でほじくりほじくり柔らかく整えた土地。過ぎる年輪に赤褐色の彫刻のように固まっていく男。

夕陽が照らす。頭を下げた丸い雄牛、支塔小さく、力を込める男。夕陽が光る。

＊　吊り橋の主要部、橋の重量を支える柱。

娘に

君は知っているかな、おじいさんが小さな包みひとつ抱え素足で去ってきたふるさとは、あの白い雲が浮かび上がる空の下、青い丘。露をたっぷり含んだ芝が明るく見えるこぢんまりしたわらぶきの家。おじいさんのは水気を帯びたため息におばあさん水草のような髪の毛をひらつかせ、チマのすそを集めて取り、跳ね回るエゾシカを見送った青い丘。

ほら、君はいつになれば行くだろう、白いウサギがピョン、スモモの花が満開の山丘を跳び回っていた伯母、かくれんぼをした思い出の遥かな青い丘。

忘れないでおいてくれ、ほら、ぱらぱら降る秋雨で心を濡らして、お父さんの昔話に深く埋めて置いたまどろみから覚め、蘇生する故郷の村のシベリアニレの下、あの丸い座布団を。

生まれたばかりの星が輝く夏の日の宵、おばあさんは月の光が夜露にしっとり濡れていく後ろの庭のつるの陰の下、子守歌を歌い、ゆったりと懐の中の赤ん坊を揺らし、故郷の美風を夢の中でなでながら、話してくれた翳った黄金色の昔話。

ほら、呼んでくれ、手足が裂けるほどに、手足がすりむけ、血がでるほどに呼んでくれ、あの青い丘、あの花咲く山里を。

島の子供

君はママ、パパも知らずに島で生まれた子供。突然空と土地を裂く雷の声にびっくりし、はじめて十からびた土地と手が届くような蒼々とした空を見た。君は島に捨てられた、世の中に両親がいるかはっきりしない子供。その日から岩を砕き、土を掘り起こし、コウライヤナギの枝で吹雪を掻き回す君は、石を友にし、雲を友としたとか。

ある日しきりにこつこつという仔馬の蹄の音に、目をきょとんとさせた君は島の子供、石ころ畑を走るつま先に沿って、君は小馬が自分だと思った。たてがみを振り乱し、こまのように島中ぐるぐる追い立てられて走れば、地面の振動は君の心臓の鼓動の音だったし、あふれる雨の雫は血管を流れる君の血だった。ふいに野馬は風のように消え、空も大地も痕跡を隠した。孤独と寂しさを知ることのない君は島の子供、ただ突き出た大岩のてっぺんにどっかり座り込んだ君は全世界そのものだった。風も石も土も草も雲も音のない影のように暗黒の中に消えていった。弱々しい星の光にぐったりと染まった君、大地は図太く、空は恨み多く、目だけ大きい顔でからから笑い、幼児のように手を打つ君は島の子供、君は時間と空間の全てだった。

ザー——注がれるたてがみのような水、波の音に耳を傾け、薄い髪の頭を振った君は島の子供、打たれたように鯨の背を摑んで乗り、波をムチのように振り回し、君は海を走る。ぐらーぐーらー海の種族を追い立て、白い雲を走る馬の群れを見下ろし、鯨の背に堪えて立ち台風のように疾走する君、君は島の子供、沈黙の流浪者。

*

おぼろげな時代の落書き——自序の代わりに

生まれたときから、私はギリギリの日々を多く過ごしてきたと母が言った。一九五九年、いわゆる、中国で「三年大飢饉」という食べ物のない時代に生まれた。この時代、大人たちは飢えに苦しむ赤ん坊を見て、どれほど心配して胸を痛めたことだろうか。その後も、成長するにつれ、数回も生死の境をさまよった。飛行機はさておき、地上で転がっているものなら、自転車から汽車まで、ぶつからなかったものはなかった。

そこで、母があまりにも心配になって占い師に占ってもらったところ、占い師が私の四柱推命を見て、少なくとも七、八回は生死の境をさまよわなければならないと占った。そこで母が指を折って数えてみると、私が生死の境をさまよったのはこれまでに八回だったので、夕方、仕事が終わって帰ってきた私を見て、満面に笑みを浮かべ、もうこれからは大丈夫だと言った。

生死の境をさまよった回数もさることながら、私は職もずいぶんと変えた。農業、教員から会社の経理、社長まで、雑誌の編集者から文化館の学芸員まで……、少なくとも十種類余り職種を変えた。職を変えるたびに、母に電話で、落書きばかりせずに真心を込めて文章を書くようにと言われた。そういえば、私は書道が好きだったのでよく書道をしたが、そんなときいつも、何はともあれ手伝ってくれたのも母だった。

二〇〇〇年、吉林市に勤めていて入院治療を受けたという知らせを聞き、母は私に、必ず一度故郷に帰って来るようにと言った。恐らく、私が死んだと姉たちが騙しているのではないかと疑い、直接会って確かめようとしたようだ。

実家に帰って母に会った。老いて痩せこけ、一晩中手を握って寝たが、手にはあまり体温の温もりを感じなかった。

翌日、雨がしとしとと降ったが、母は、帰る私を柴門まで見送ってくれた。

私は、後ろを振り返ることができなかった。振り返れば、帰ることができなくなりそうだった。目に幻のように浮かんでいたが、母は柴門の柱をつかんで、かろうじて体を支えながら、私の後ろ姿を見送っていたようだった。母も、私も、今回が最後だと思いながら、また、お互いにそんな風に思っていることも知りながら、二人とも素知らぬ振りをした。

吉林省に帰る汽車で、突然、母が以前に言っていた、その「落書き」という言葉が浮かんだ。私の人生そのものが「落書き」ではないかと考えてみた。そして、私の文章や詩を再び振り返ってみた。母の言葉どおり、私は熱心に「落書き」をたくさん、しかも下手だが、私なりに真心を込めて「落書き」をたくさんした。しかし、稚拙であっても私の子供として大切な宝物のように思っていたが、出版することは全く叶わなかった。ところが、思ってもみなかったところから、棚からぼた餅のように、柳春玉詩人のおかげで日本語で出版されることとなり、あまりの嬉しさに感激した。私なりに真心を込めて、心血を注いで、熱心に書いた「落書き」たちが、再び陽の目を見ることになったからだ。

私の「落書き」は、母の命が込められた「落書き」であり、そして、この機会を与えてくれた柳春玉詩人にこれ以上ないほどに感謝し、本を出していただいた出版社と編集の先生に感謝し、解説を書いていただいた先生に感謝し、これまでに多くの苦労をかけてきた韓永男詩人に感謝し、私の命と共に過ごした人々、私を好きになってくれた人、私を批評してくれた人、すべての方々に感謝申し上げます。

ありがとうございました。

二〇二三年二月二十六日
遠く龍潭山が見渡せる、冬にも凍らない松花江沿いで。

解説

おぼろげな時代、その光

――全京業の詩集『おぼろげな時代の落書き』

文学評論家、詩人、煙台大学韓国語教授
金永洙《キムヨンシュ》

全京業詩人の詩集『おぼろげな時代の落書き』に収載された詩と、その他の詩の内容の一部は、次のような疑問を呼び起こす。このような種類の詩の詩的構造と情緒的指向は、どうして韓国の一九二〇〜三〇年代の風格に似ているのかという疑問である。彼の詩に見られる敗北主義的情緒および過去退行の現実否定とロマン主義的、民族主義的情緒が、絶えず故郷を訪ねて道を行くような構造が彼の詩的枠組みを成し、理想的空間と生命の循環的構造あるいは回帰を夢見ようとする試みは、一九二〇〜三〇年代の韓国詩に見られる見慣れた風景の一部分である。

例えば金素月の「山有花」を彷彿とさせる「川の水が流れる」では、素月的な情緒とリズムを適用し、「生命宣言」と「春の日のエピソード」では、観念化された詩語の展開の中で李陸史《イ・ユクサ》的な「絶頂」を想起する男性的な意志を見せるかと思えば、「春の日の見舞い」では、瞬間の美に心酔した金永郎《キム・ヨンラン》の唯美主義的な純粋性が、「穀雨」、「臨終」では、理想的な土地と密室のニュアンスが、また、部分的な詩では「様」と「あなた」のイメージと共に「です、ます」の「様」を念頭に置いた韓龍雲《ハン・ヨンウン》的な叙述様式が伺えるという点である。

再び問い返すと、上記の韓国の過去の詩人が多様な詩的構造とイメージを駆使して、自らの情緒的姿勢を取っているにもかかわらず、彼らが一様に自由ではなかったのは、家なき者の舌音（タ行、ナ行、ラ行の破裂音）とそれから彷徨いながら道を歩むことになる場合である。それなら、詩人もまた、どうして彼らのように故郷を訪れて旅立ったのかということとであり、京業が追求した故郷である理想的空間は何なのかという問題である。生命の循環的構造と回帰に対する解釈は、理想的空間に対する陳述として詩的話者の精神的終結点であり、出発点での説得力を自然に獲得して自主的な論理を維持できると信じる。

筆者は、詩人の詩が、敢えて過去の韓国詩人らの詩に似せようとアプローチしたのではなく、由緒ある歴史の路地を通り過ぎて、一方で直面する現実と現実を離脱してユートピアの夢に向かったその道の上で彷徨った悩みの足跡が、遠い近代の韓国詩人との精神的足跡と重なり、その痕跡をわずかながら残していたということだろうと考える。詩人は、明らかに上述した風格の多様な装置を内面に無理なく消化し、自分だけの独特のスタイルで創作に臨んだ。

韓民族の歴史に対する彼の陳述は濃厚だ。そのうち、南北の分断に対する認識は、「空っぽの空」で過去の勇猛を誇った民族が、破れた地図を守って精彩がなくなるという風刺調の現実否定から、「無知のN・S」、「郷愁」、「鴨緑江渓谷」において、お互いの故郷を失った民族の現実的な悲運に対する悲しみとして、「清明二十一世紀」では、同族に対する深い愛と共に南北統一に対する切実な祈願と念願へとつながるが、結局、悲哀に接近した感傷的情緒が彼の歴史認識により、一層悲劇的な色彩を帯びるようになる。これは、野蛮な帝国主義の戦争論理で殺戮と飢餓、病気にさらされた民衆に対する憐憫を誘発する「三月二十四日十九時、コソボ」、「三月二十四日、セルビア」、「三月二十八日、ベオグラード」、「三月二十七日、ベオグラード郊外六十キロメートル」などの詩を通してより一層増幅される。すなわち強者の犠牲物に転落した南北分断の悲劇が、より強烈に浮き彫りになっている。そうすると、憂愁が宿る歴史の曲がり角を巡回して帰ってきた現在の詩人が留まった現実は、どんな状況であったのか。彼が向き合った現実認識もまた満足なものではなかったものと見られる。詩人が創作に臨んだ当時の時代は、改革開放がまさに展開し、市場経済が活発だった時代であった。「ニュース」のような詩では、改革開放がもたらした人生の躍動的な雰囲気と活躍性を感知して希望を示唆したりもする。しかし、時間が経つにつれ、詩人の認識は徐々に変化をもたらしたようだ。「都市の狩人たち」では、物質に目覚めた人々の話を扱いながら、同時に自我を無くした群像の姿が捉えられる。期待と喪失が半々に混ざり合った認識から「観日台」では、現代文明に対する幻滅と拒否の態度が、「私が生きていくということは」では、口紅と紙幣に汚染された現代文明の中で生きていく人間のみじめさと、頑なな心情を表明し、その中で最も激烈に物質主義が自ら招いた人間の道徳性の失墜と私利私欲に対する鋭利な批判を加えたのが、まさに「自画像」である。逆説的な手法を適用して、索漠と物化された人間を峻烈に批判しようとした。

自分だけ腹いっぱい食べて、ぐっすりと寝て、目覚めたらセックスしか頭にない奴です。／（中略）／私は人でもなく、獣でもなく、木でもなく、草でもなく、何でもありません。石です。

（「自画像」の一部）

このように、詩人の詩で、刺激的な詩語を反語的な表現として使うだけに、人間に対する憐憫と深い愛を大切にすることで人間性の回帰を訴えている。とにかく向き合った時代的な嘲りと現実反省的な姿勢で、そして彼が持つ歴史意識の中で彼の精神的軌跡を類推してみれば、詩人は、一時の栄光ある民族が同族間の争いで民族性の喪失と現実の層上での人間性の喪失という歴史的な虚しさと現実の彷徨に直面する。この部分で、再びもう一つの手がかりとして補足して述べるなら、彼の詩では「祖父」と「祖母」、「父」と「母」が不在した空間が引き続き補足されている点である。言い換えれば、精神的な側面で彼を抱きしめる現実的な故郷は、そのどこにも無かったという意味である。そしてこれは、当時国権を喪失したまま、家なき者の舌音を抱いて道を進むことになった一九二〇~三〇年代の韓国詩人らと、不動のテーマの意味において同じ形態学的構造関係を持ち、詩人がなぜ現実に安住できずに故郷を探して旅立つことになったのかに対する答えとなる。

彼の多くの詩では、「行く」、「歩く」の動詞の使用頻度がかなり多く、その他にも「風」のイメージが度々登場しているが、風とは、絶えず動いて流れる特徴を帯びている。もちろん、「ハルビンの風1、2、3、5」の詩では、単に風の意味だけでない象徴的な意味として、消失する事物とイデオロギーの側面を示すが、流動的な特徴を指向するということで、詩人は決してどこにも留まらずに道を進むしかない状況を指摘する。だからと言って、ひたすら向かっている道を秩序なく彷徨って道に迷ってはいないようである。彼は、明らかに希望の灯台である、安息の故郷に対する懐かしさを解きほぐし、祖父母と両親がいるような故郷である「理想的空間」を探しに出る。もし、この「理想的空間」を敢えて定義するならば、自然の心性に対する渇望と回帰であり、もう一つは古典的で民族的な審美意識で綴られた回顧的空間に対する切実な郷愁であると言える。これと関連した詩としては、「瞻星台」、「山の祈り」、「霊光塔」、「跨馬石」、「オアシス」、「夢の牧童」、「大地の瞳」、「私が生きていくということは」、「黄鳥歌」、「春の日の見舞い」、「シベリアニレの下に立って」、「風景」、「風鈴の音」、「農夫彫刻像」などがある。これと共に、詩「悦びがくることは」では、先祖がいる領域―永生の過去と創世に憧れることによって、過去への退行的な理想的空間を創り出し、これは同時に生命の循環構造あるいは詩人の精神的終結点であり、始発的な側面での空間を内包していたりもする。

総体的に詩人の詩を通して見た結果、筆者は、詩人の歴史的、現実的認識の裏で絶えず揺れる内面の霊的アイデンティティを見ることとなったが、それは高潔な詩人の場合、芸術的な悩みを経て、荒涼とした光を放つ遠い国の真理を求めて旅立つ唯美主義的な風景として詩化されたものと見られる。言い換えれば、そのような詩人の後姿の中で、もしかしたら偶然に、いや必然的に可能とも言える一九二〇〜三〇年代の韓国詩人たちの後光が独特に重なったのかもしれない。

全京業の境地

荒川洋治
現代詩作家、日本芸術院会員

全京業は、いくつもの世界を担いながら詩を書いてきた人だと思う。どの詩も、つやと深みがある。背景をもつ。

「中央通りの夜市」は、文字通り、市の風景だ。その一、二連。

孤独な日には
神様が
あの——
奥深いところから
掘り出し物を探して下さる

落ち着かない日には
ぼうっとしていた頭を
しきりに掻いて
父がいた場所で
探し回る

夜の空間のなかに、生まれ出る空気。よみがえる人のこと。ことばがそれらを自然に連れ出してくる。とても魅力的な深みをもった作品だと思う。「父がいた場所で」というフレーズが印象的。現在の自分というものから一つ離れて、周囲に向き合う。そこに自他の別を超えた、清明な詩境が開かれていく。

「過程」は、朝鮮王朝期のファン・ジニの故事をあしらったもので、多彩な観想を通して、リズミカルに、作者の思いがきざまれていく。その後半。

万民を

一つ一つ
針の先に通してみれば
ああ
それらは
一粒の
羊水に溶けて
瞳に
溜まればいい

悠久の詩興を示す、とても美しい作品だ。多分、作者は、みずからの歳月と、そこからしたたる思いを、長い間とどめていたものを、ひと息に表現したのだろう。そうした作者その人の物語が、詩の背景を彩っている。詩と時間の濃厚なかかわりが感じとれる作品だ。

ぼくの好きな詩は「雪が降る日」である。その全篇。

世界が開く

ふと　眠りから覚めたせいで
川の水がわきたった

水蒸気が噴き出る雪道の中に
白い太陽が溶ける

雪が降る日は
窓辺へと
駆け出して狩りへ行く日

一日のはじまりの風景だ。白く輝く雪の風景を、最初の感情を終始生かしながら、迷いなく、一気に書き切った印象がある。「窓辺へと」からの動作は意外性をもち、新鮮で、目に映える。静けさと動きが溶け合う、いい詩だ。

散文詩「農夫彫刻像」は、ひときわ感動をもたらす秀作だ。このような躍動感にあふれた秀麗な詩情は、作者独自のものだ。その結びの一節を引く。

干からびた土地、肥えた土地、取り替えて広げ、種を埋めて、春の風、秋の西風に乾く手でほじくりほじくり柔らかく整えた土地。過ぎる年輪に赤褐色の彫刻のように固まっていく男。夕陽が照らす。頭を下げた丸い雄牛、支塔小さく、力を込める男。夕陽が光る。

「支塔小さく、力を込める男」が夕陽にさらされている像は、人生永遠の姿かもしれない。その鮮やかさ、強さのなかで、陰影に富むことばが刻々と呼吸する。いい作品だ。読むたびにそう思う。楽しみが深まる。全京業の詩には、いつも人間を見つめるために必要な虚構の力がはたらくことで、詩の全体が光り輝く。これからも多くの人が、新しい詩の世界を感じとることだろう。

あとがき

しかたなく「生き生き」とした時代

私たちが生きてきて、また生きていかなければならない時代は、しかたなく「生き生き」とした時代だ。生まれた時から五十代、六十代まで、あまりにも多くのことを体験し、その過程で数多くのことが発生した。文化大革命を経て改革開放、数十年間、門の中だけで遊ばなければならなかった。そしてその間、私たちの国の外では、ベルリンの壁が崩れ、旧ソ連が崩壊し、引き続き発生したアフガン、イラク、リビアの砲声を聞き、硝煙が立ち上るコソボを画面を通して見てきたし、今はまた、ウクライナの廃墟を見ている。ウォール街の株式市場で、中国の国内市場で、私たちは全く思いもよらなかったことを経験している。世界は病気に苦しめられていて、病気にかかった世界は、その病気を「生き生き」と自慢している。そして、私たちも、しかたなく「生き生き」とした時代を体験せざるを得ない。

避けられず、向き合わなければならない現実である。そうして、そのような過程とそのような過程で発酵される思想は、一篇一篇の詩として記録され、そんなものが集まって詩集になった。そこで、この機会を借りて出版の機会を与えてくれた日本の土曜美術社出版販売の皆さまに感謝申し上げ、このような機会を作るために数年間の間、労苦を惜しまなかった在日中国朝鮮族柳春玉詩人に感謝を申し上げ、その渦中で掛け橋の役割をして下さった中国朝鮮族の著名詩人、韓永男に感謝を申し上げる。　あわせて、このような企画が日中間の相互理解、少なくとも文壇の相互理解に大いに役立つものと信じ、未来はより調和に満ちたものになると信じて疑わない。

全京業

二〇二三年五月二十六日
中国吉林にて

著者

全京業（チョンギョンオブ）

中国朝鮮族詩人、文学評論家、翻訳家。

一九五九年中国黒龍江省寧安市生まれ。フリーランス作家。吉林市非物質文化遺産専門家委員会委員、吉林市第1期社会科学専門家バンク（二〇一八年、民俗文化類）メンバー。

中文詩集『2017』（上海文芸出版社）、『京業の詩』、『妻』、英文詩集『SAFE HARBOR:LIFE WITH MY OLD LADY』（新世紀出版）等と訳書『陽極の現状』、『当代詩経』（合作）、『隠れみの術』、『心の中の月』、『ムジュギシム』など四十冊余り。「李白文学賞」など多数受賞。

訳者

柳春玉（りゅう・しゅんぎょく）

日本翻訳連盟会員、日本現代詩人会会員、日本詩人クラブ会員、日本ペンクラブ会員、中国延辺作家協会会員、中国詩歌学会会員。
現住所　〒三四三―〇〇二六　埼玉県越谷市北越谷二―三―三　電話〇八〇―五〇八七―二二五二

全松梅（チョンソンメ）

翻訳家（中国語、韓国語、日本語）。

一九八四年中国黒龍江省寧安市生まれ、民俗学修士修了、訳書『隠身術』『自省書』『資本主義白菜』など多数。

編集　金学泉・全京業・張春植《チャンチュンシク》・韓永男・金昌永・柳春玉
後援　金春龍

中国現代詩人文庫 2 全京業《チョンギョンオプ》詩集

発行 二〇二四年七月二十日 初版

著者 全京業
訳者 柳春玉／全松梅
装幀 直井和夫
発行者 高木祐子
発行所 土曜美術社出版販売
〒162-0813 東京都新宿区東五軒町三—一〇
電話 〇三—五二二九—〇七三〇
FAX 〇三—五二二九—〇七三二
振替 〇〇一六〇—九—七五六九〇九
DTP 直井デザイン室
印刷・製本 モリモト印刷
ISBN978-4-8120-2848-3 C0198